아버지도
　　　나를
슬퍼했다

이 책을 사랑하는 (   )에게 드립니다.

목차

1부 아무렇지 않은 척

2부 어른이 된다는 건

아버지에게 저의 이야기를 들려주었을 때
아버지는 슬펐습니다.

본인이 겪은 삶의 무게를 제가 느끼고 있어서
본인은 이미 지나친 청춘을 제가 잡고 있어서

아버지의 무게를 이해하며 저는 어른이 되어가고
저의 청춘을 이해하며 아버지도 청춘이 되려 합니다.

"아버지, 제가 앞으로 들려줄 이야기가 참 많아요."

사랑하는 당신에게 이 책을 바칩니다.

1부   아무렇지 않은 척

아무렇지 않은 척 살다 보니, 몸은 함께 와있는데
마음은 저 뒤에 두고 온 걸 알았습니다.
미안하고, 아프고, 사랑한 기억을 뒤로 하고
그저 걷다 보니, 손 내미는 나를 놓쳤습니다.
많이 미안한 일이나,
그런 나에게 조심스레 다가가려 합니다.

아무렇지 않은 척

웃으라 하고 나아가라 합니다
왜 웃어야 하며, 어떻게 나아갈지 모르겠는데
누구나 하는 거라며, 좀 더 웃고 좀 더 나아가라 합니다

아플수록 아프고 싶은데, 담대하라 말합니다

힘들고 더딜수록 박힌 돌이 아닌 디딤돌이 되라 합니다
아프면 아프고 싶고 나아가다 박히면 잠시 멈추고 싶은데
아픔을 느낄 시간과 잠시 멈출 여유는 없다고 합니다

오랜 친구가 사랑하는 여자친구와 헤어졌다 합니다
옛사랑에 공감하고 옛사랑에 아파하려 하는데
누구에게나 스치는 일이라며 아무렇지 않다 합니다

오늘은 내일을, 한 해의 끝자락엔 내년을 기약합니다
오늘이 아닌 내일을 좀 더 앞서 바라보라 합니다
자책과 회의는 뒤를 돌아보는 일이라며
긍정의 마음으로 나아가라 합니다

그런데 문득 내일이 아닌 오늘, 오늘이 아닌 어제
뒤돌아보지 못했던 순간들이 주마등처럼 스쳐 갑니다
위로보다는 조언을, 공감보다는 긍정의 메시지로
삶의 무게 속에 작아졌던 이들을 더 작게 한 것은 아닌지
스스로를 되돌아봅니다

그래서 오늘은 나아가지 않으렵니다
가로등 불빛 앞에 서서 애써 웃으라 하지 않겠습니다
자주 멈추어 저를 돌보지 않았던 마음과
제가 돌봐야 할 이들을 위로하고자 합니다

너무도 모른 척, 아무렇지 않은 척 나아가는 동안
제가 놓쳤던 마음들과 제가 놓쳤던 이들에게
이제는 아무렇지 않은 척 사과하려 합니다
미안하다고…

내 뱉은 말

나의 말은 너에게 머물러
더는 내 입가에 남아있지 않은데

걱정은 생각이 되고
생각은 아픔이 되어 하루를 채우네

아렸을까
쓰렸을까

더 이상 잡을 수도
무엇 하나 잡히지도 않을 말임에도

미치도록 잡고 싶네
끊임없이 뒤척이네.

침묵

나와 당신 사이
애꿎은 술잔만 채워지고
달리, 할 말이 없었습니다

당신과 겪은 밤들은
여기저기 색이 칠해진 것 가득인데

이 밤은 칠하지 않은 무채색처럼
우리의 언어가 없었습니다.

행복은 가까이에

살기 위해 배고프고
힘내려고 먹는 줄 알았는데
배고플 때 기대되고
먹으면서 행복해지니

이게 삶인가 싶어

부푼 배 쓰다듬으며
쏟아지는 잠에 나를 맡기고
햇살 받으며 일어나니
오늘은 뭐 먹을까 기대되는 삶

행복은 가까이에 있는데

무얼 위해 내일을 기다리고
무얼 위해 내 일을 찾을까.

연(連)

오늘 하루, 당신 생각해
그대 좋아하는 구름이 떴어요

창가 쪽 마루에 누운 틈으로는
당신이 보내준 것 같은 달도 떴어요

달이 놓고 간 그림자에는
그대를 그려 인연을 만들어 보았어요

손 붙잡고 놓지 않을
그럴 연(連)이요.

시선

먹지도 않은 빵이었으나
나도 모르게 이것저것 담아보고

맛도 모르는 커피지만
익숙한 향에 걸음을 멈추어 보고

입에 써 멀리했던 소주인데
캬~~~~~~
너를 따라 추임새를 같이 하는

나에게서 너에게로
바뀌는 시선들.

당신이 좋은 이유는

당신이 좋은 이유는
당신이 좋아하는 걸 알기 때문이에요

흔들리지 않아서 좋아하는 게 아니라
흔들려도 그대 좋아하는 곳으로 가기 때문에
그런 당신을 좋아해요

이 사람과는 좋아하는 걸 두고
오랜 시간 얘기할 수 있다는 생각이 들어요

누구에게나 똑같은 세상이라 말할 수 있겠지만
당신은 단 하루도 똑같지 않다 말할 것 같아요

사람마다 주어진 하루가 같지 않기에
오늘 다른 제 모습도 존중한다고 말한,
당신의 언어를 그리워해요

당신과 함께 하루의 기록을 모으고 싶은 마음이 커져요
그래도 될까요.

마중

잠시 떨어져
그대와 머물던 곳에서 다른 곳을
다녀오는 날이면

언제 오냐는 그대의 그리운 물음이
돌아오는 길에 남습니다

짙은 향이 나는 날도 있을 테고
향이 없던 멍한 날도 있을 텐데

돌아가는 그 장소에 그대 있어 주니
이마저도 의미가 됩니다

때로 온전치 못한 하루도 온전하게
채워집니다.

핀다

내일은 무엇이 피어나고
무얼 마주할지 알 수 없지만

사랑하는 시간을 바라보고
눈에 담은 것들을
아름답게 말할 수 있는 것만으로도

내일은 또다시 필 거예요

그 어떤 이야기로도
그대와 함께면.

사랑의 온도

우리는 늘 뜨거웠고 어디서든 달콤했다

"오늘 사랑의 온도는 몇이야?"
"10."
"오늘은?"
"뭘 그런 걸 물어봐. 당연히 10이지."

어느 날은 이상하게 차가운 날이었다
난 차마 온도를 물어볼 수 없었다
손도 잡고 포옹도 하고 키스를 하면
다시 올릴 수 있을 거라 생각했나 보다

깨지긴 싫었지만 미치도록 사랑해서 물어보았다
"오늘 사랑의 온도는 몇이야?"
……
끝이었다.

친구 (1)

친구는 둘로 나뉜다

나의 변함과
나의 성장을
온전히 좋아하는 친구와

나의 변함과
나의 성장을
탓하는 친구로

나는 안다
친구라서 나를 좋아하는 사람과
같은 공간에 있어 나를 친구로 불렀던 사람을

때로는 어른이 된다는 것이 한없이 미워질 때가 있다.

친구(2)

아버지...
멀리서 흔드는 당신의 손 인사가
저는 좋습니다

무심한 듯 제 손 붙잡는
그대 마음도 단순해서 좋고
세상처럼 복잡하지 않아 정이 갑니다

그대와 함께 걷는 밤거리도 좋고
사소한 이야기들을 나눌 수 있어 행복합니다

무엇보다 당신을 만나는 날엔
이유가 붙지 않고
당신과 보내는 시간엔
지나간 시간과 흘러간 시간을 세지 않아 좋습니다

아버지, 당신은 제게 그런 사람입니다
저의 오랜 친구입니다.

아버지는 다 그래

술자리에 나오는 이야기 속에 아버지들은
똑같은 유전자를 가진 듯 똑같은 사람으로 비치는데

A군의 아버지도 집에서 TV를 보고
B양의 아버지도 집에서 TV를 보는 것 보면

한국의 아버지들은
집에서 TV를 보는 습성이 있다는 건데

물어본 적은 있을까

'아버지, 왜 TV만 보고 계시냐고…'
'집에 오셔서 심심하지는 않으시냐고…'

아버지도 나를 슬퍼했다

은은한 달밤에 탁상에 앉아
저물어 가는 하루를 붙잡고 있었다
오고 가는 술 한 잔에 친구는 쓰라렸고
달빛의 조명에도 쉽게 슬펐다

배운 말은 많은데 위로해 줄 언어가 없었다
단지 취할 뿐이었다

돌아가는 친구의 주머니에
가지고 있던 배춧잎 몇 장을 넣었다
친구가 떠난 자리는 공허하고 추웠다
무심결에 주머니에 손을 넣었다

지금은 없어야 할 배춧잎이 있었다
그때, 그날 아버지도 내가 슬펐나 보다.

아빠의 사랑법

세심한 사랑을 배우지 못한 당신의 언어는
직진으로 다가올 때가 있고

오늘따라 무엇으로 표현될 수 없는 제 언어는
직진이 아닌 듯 당신과 만나지 못했습니다

저조차도 알지 못하는 복잡한 마음은
당신에게는 들키고 싶지 않고

저무는지도 몰랐던 하루에는
나에게 그랬듯 당신에게 인사조차 건네지 못했습니다

사랑한다는 당신의 진실한 문자엔
나를 숨기는 말로 사랑한다 답하였습니다.

별 일

속에 두어 삭힌 말은
오래 두어 꺼내지 않을 줄 알았는데

'별일 없니'라는 당신 말에
그동안의 일들도
별일 아닌 듯 가벼워졌습니다

오래 살아가는 내내
당신은 별일 없었는지요.

꿈속의 넌

꿈속의 넌, 여전히 착하다

내가 걷는 길에 당연한 듯 다가와
발걸음을 맞춘다

내 시선을 응시한 채
맑은 눈으로 어디로 갈지 묻는다

그곳에 네가 없을 거란 말은
꿈에서도 하지 못한다
내 눈가를 향해 네가 손을 뻗는다

꿈에서 깬다.

전화

전화기 너머로 매일 듣는 목소리지만
오늘도 듣고 싶어요

하루를 마치고
졸린 당신 음성을 조금 더 붙잡고 싶어요

모두 잠든 밤이지만
밤에 새기는 우리의 목소리가
꿈속의 이름 없는 벽에 걸릴지도 몰라요

사랑하는 우리가
이 밤에도 안부를 전하고 있음을
꿈에 얘기하고 싶어요.

슬픈 웃음

12년 된 낡은 교복을
내게 물려주었을 때
어머니는 웃었다

점 하나 안 보이는 컴컴한 밤에
술 한잔 못 드시는 어머니는 술병을 드시고
소리 없이 울었다

압류 딱지가 선명하게 컴퓨터에 붙었을 때
가난을 벗어나고 싶어 딱지를 긁었다
어머니는 웃었다

모두가 잠든 칠흑 같은 밤에
어머니는 어머니에게 전화해 아무 말도 안 했다
다만 소리 내어 서럽게 울었다.

난, 늘 네 편이야

안녕
너의 지친 하루에 뭐라 할지 몰라
이렇게 어색한 인사를 보내

슬퍼 보이는 너의 얼굴에 막연한 위로를 건네고
근심 걱정도 제대로 해석하지 못한 나지만

네가 보는 바닥, 네가 보는 하늘
네가 보는 기차역
그 어디라도 내가 있을게.

방황

마음속 태양은 여전히 하늘에 떠 있는데
밤이 된 고요함은 하루의 끝을 알리네

손에 든 펜으로
여백 끝에 마침표를 찍어야 하는데

이미 떠나간 시간 속에서
어떤 글자를 남기려고 이리도 방황할까.

변하지 않았으면

한적한 공간을 터벅터벅 걸어갈 때
바람에 얹혀오는 익숙한 냄새와
외로운 여백에 하나씩 찍어가는
발자국 소리가 좋다

이곳에 오래 머무르고 싶다
복잡한 사람들로 섞이지 않고
돈 욕심 없어 보이는 소박한 건물들이 좋다

나의 냄새가 진하게 남았으면 좋겠다
내 발자국이 지워지지 않았으면 좋겠다

훗날 이곳에 다시 돌아왔을 때
내가 당황하지 않게
너만은 변하지 않았으면 좋겠다.

비가 오던 날

비가 폭우가 되어 내리던 날
쓰고 있던 우산을 버렸다
사실 너를 떠나보낸 그 순간부터
하염없이 울고 싶었다.

눈을 감는다

하루에도 여러 번 눈을 감는다
눈을 떴을 때 마주할 감정들이
아프고 무겁고 감당하기 어려워서
억지로 잠을 청한다

그러다 문득 눈을 떴을 때
내가 받아들여야 하는 상황이
조금은 옅어지길 바라면서

눈을 뜬다
다시 눈을 감는다.

사랑의 공간

우리는 서운하다며 싸웠지만
사실은 내 말만 맞다는 것이었다

나는 변할 생각 없으니 네가 변하라는 것이었다
나라는 공간에는 네가 들어갈 자리가 없었다

사랑이란 이름으로 너에겐 참 잘 녹았는데
사랑이란 명분으로 단단해진 나만 남았다.

외면

어린 꼬마는 가난이 싫어
당신을 기다렸고

당신은 가난이 달린 꼬마를 볼 수 없어
애써 외면했습니다

그리움이 겹겹이 쌓이며
땅을 차던 일이 많았습니다

버티어낸 시간으로
고개를 들 수 있는 나이가 되어서야
당신이 마주하고 싶지 않았던 시간을 이해했습니다

당신도 어른이고 싶지 않았던 시절이 있었음을
어른이 되어가는 지금에서야 알겠습니다.

해맑은 아이

놀이기구에 시선을 빼앗긴 그를 보고
함께 롤러코스터를 탄 적이 있다

그는 나처럼 좋아했고
그는 나처럼 해맑았다

긴 세월 동안 나는 아버지를 아버지라 부르며
'아버지'로 정의하고 있었다

그가 가슴속에 간직했던
'해맑은 아이'는 까마득히 모른 채.

마음 놓기 힘든 날

포근한 숙면 중에
시끄러운 알람 소리에 잠을 깨고

TV를 시청하다가
문득문득 핸드폰을 쳐다보고

생각보다 급하게 온 어둠에
기록 하나라도 남기고 싶은

마음 놓기 힘든
그런 날.

눈물

세월이 밀어낸 눈물은
당신이 막을 틈도 없이 밖으로 나왔고

못다 한 말들은 취기의 힘을 빌린 탓인지
쏟아지듯 나왔습니다

그저 당신을 안아주는 것 말고는
해드릴 게 없었습니다.

미리 알았더라면

내가 느낀 아픈 오늘을
어제 미리 알았더라면

긴 밤 홀로 잠 깨어
너의 고독과 함께했을 텐데

이렇게 달콤한 잠을 잔 얼굴로
너의 착한 웃음에 동화되는 게 아니었는데

마음 둘 사람 없이 혼자 흘렸을 너의 울음을
밤이 마를 때까지 적셔줄 수 있었을 텐데

내가 미리 알았더라면.

늦잠

머리로는 조금만 자야지 했는데
몸이 거부해 너무 많이 잠이 들었다
알람 소리도 지속적으로 방어하며
나를 이끈 시간은 컴컴한 밤이었다

오늘 하루 계획했던 일은
게으르게도 내일로 미루어졌지만
이런 내가 밉지 않았다

사실은 여러 가지 고민과 생각으로
깨어있는 시간이 많았다

나는 참 많이도 자고 싶었다.

마음의 병

습관처럼 일을 하다
몸에 열이 나기 시작했다

찬물로 샤워도 하고
낮잠도 청해보았으나
한번 오른 열은
좀처럼 가라앉지 않았다

애써 무시하고 카페로 놀러 와
조용한 음악에 귀를 기울이고
책 속의 문장에 한없이 눈길을 두고
끄적이는 내 글자에 정성을 쏟으니
온데간데없이 열이 사라졌다

마음의 병이었나 보다.

깨우기 싫은 아침

새벽녘에 길을 나선다
아직 기지개를 켜지 않았는지
찬 공기마저 고요하다

성큼성큼 걷다가
숨소리를 죽인다

몇 분이면 깨어날 아침이라도
잠시나마 행복에 놓아본다.

생각

걷지 말아야 할 길을 걸은 듯
가는 곳마다 실수가 된다

시작하지 말았어야 할 하루인가 싶다가도
이 정도 불행이어서 고맙다는 생각이 스친다

작은 별 하나 반짝인다.

시가 써지지 않는 밤

저물어가는 시간을 붙잡고
떠내려가는 시계의 초침을 되돌려 놓아도

추억 하나 떠올리기가
참으로 어려운 밤이 있다

그런 날이 있다
시가 써지지 않는 밤

이런 날엔
펜을 들었다 그냥 놓는다

시가 써지지 않는 밤도
한 편의 시가 될 테니.

크리스마스이브

'오랜만에 혼자 맞는'이라 쓰려다
'혼자 맞는' 크리스마스이브로 고쳐 쓴다
지나간 시간을 돌이켜 마음을 출렁이는 일보다
툭 하고 지나쳤던 시간을 놓아본다

눈 오는 풍경을 서로에게 넣어주는 연인과
함께 둘러앉아 케익에 초를 꽂는 가족과
고요한 하루에 아침부터 펜을 드는 '나' 같은 사람

기념일에 나를 넣는 건 괜한 청승이려나 싶다가도
행복하게 시간을 보내고 싶은 건
버릇처럼 기념일을 기념해야 할 것 같아서

아침에 커피를 마시는 건 일상이 아니었지만
식탁을 치워 여백을 만들고 향초를 켜고
커피를 음미하며 허공에 시선을 두어 본다

여유를 가지며 여유 있는 척
선물 같은 하루를 계획해 본다.

꿈(1)

꿈을 가지라고
학생들에게 얘기하다가
눈에 비친 꿈을 바라본다

음악을 틀면 흥얼거리고
삼삼오오 모이면 마냥 재밌고
일 분 전에 봤던 얼굴인데
다시 본 듯 반겨주는

서로가 서로에게 꿈같은 광경들

내가 얘기해주는 꿈과
고민 없이 그리는 이들의 꿈 중

무엇이 더 아름다울까.

꿈 (2)

운동도 하고
깊이 있는 책도 읽고
낯선 곳으로 여행을 가고
잠을 청해 꿈을 꿔도

꿈이 보이지 않았어

우연히 너를 만났는데

운동도 하고
깊이 있는 책도 읽고
낯선 곳으로 여행을 가는

모든 순간순간이
다 꿈이더라.

꿈 (3)

내가 보고 싶은 건
그가 펼쳐나갈 꿈이 아닌
그냥 그라는 사람이었는데

보고 싶다는 전화에
그는 바쁜 척 연기했다

아마 나에게 얘기했던 그 꿈이 펼쳐지기 전에
내가 당분간 그를 볼 수는 없을 것 같다

꿈을 이루는 삶을 함께 꿈꾸다가
친했던 우리가 꿈 때문에 볼 수 없다니

나를 둘러싼 모든 게 그저 꿈인 것 같다.

TV를 켠다

친구들의 얘기에 내 얘기가 얹힌다
어제와는 다른 내가 앉아있다
꿈처럼 부푼 분위기에
와인 한 모금 마실 뿐인데 이상처럼 취한다
시간이 가는지도 모른 채 밤을 새운다

친구들이 떠났다
어제와는 다른 내가 앉아있다
불안감에 일도 하고 책을 읽다가
아무것도 하지 않는 나를 발견한다
공허함이 몰려온다

TV를 켠다
TV 속 사람들의 얘기에 내 얘기를 얹힌다.

사랑하는 사람의 입

사랑하는 사람의 입에서
상처를 주는 말들이 나왔을 때

난 이 상황이 참 잔인하다고 생각했다

사실은...

사랑하는 사람의 입에서
사랑받는 말들만 나오기를 정의하는 게

더 잔인한 것이었다.

그래도, 사랑

내가 저지른 잘못은 아니나
사랑이 버거울 때
예전의 나였어도 고할 수 있는 이별의 상처는
그대에게도 있었고

나는 그런 사람이 아니니
평생을 믿어달라는 아름다운 말 역시
당신에게 꺼내지 않았습니다

그저 지금의 당신을 사랑하고
과거의 당신이 아플 때 옆에 없어
미안하다는 말을 해줄 수 있었습니다

미안하다는 말 외에 다른 말은 너무 쉬워
하지 않았습니다.

너를 만나기 위해

한 번을 만났을 뿐인데
손보다 마음이 먼저
인사를 건네는 사람이 있다

왜인지 오래전부터
나를 알고 좋아해 줬을 것 같은 사람

너를 만나기 위해
그 힘든 시간을 버티고
어려웠던 순간에서도 참 많이 웃었구나

이렇게 환하게 웃으며
너를 만나기 위해.

계절 사이

계절과 계절 사이
당신이 당신으로 버티며 내뱉었을 울음을
저는 보지 못했습니다

세상이 그대에게만 준 시련은 아닐 것이나
그대에게만 왔을 것 같을 당시의 아픔에도
저는 없었습니다

그런 시간에 제가 옆에 있었다면
달라졌을 거란 말은 차마 못 하겠습니다

다만, 그대 이렇게 있어 주어
제가 당신만을 사랑하게 되었다고는 말할 수 있겠습니다.

내가 그랬던 것처럼

카페에 앉아 책을 읽다
옆에 앉은 남녀의 이야기를 읽고 있었다
남자는 우연히 나왔는데 여자가 있었고
여자는 우연히 나왔는데 운명이 있었다

여자를 우연으로 대하는 남자의 말과
남자를 운명으로 대하는 여자의 말은 자주 빗나갔다
남자는 자신의 일상을 별 얘기 아닌 듯 던졌고
여자는 남자의 일상을 자신의 일상에 넣었다

여자의 마음은 남자의 마음에 닿으려 했는데
남자는 너무 가까이 있어 모르는 듯했다

내가 예전에 너와 가까이 있어
몰랐던 것처럼.

잘못

당신의 이유 없는 짜증은
불현듯 제게 왔고
잘 다독이려는 저의 노력 또한
듣지 않았습니다

긴 밤을 고민해 봐도
당신 잘못한 것이 맞으나
그대에게 먼저 손을 내밀었습니다

사랑을 하는데
누가 더 잘못했냐는 물음보다는
그대 보고픈 마음이 더 컸습니다.

말이 너무 쉬워서

사랑하지 않는 게 아니라
사랑하는 당신을 두고도
해줄 수 있는 게 없어
말이 나오지 않았고

꿈이 없는 게 아니라
당장은 그대에게 줄 수 없는 꿈이라
입을 뗄 수가 없었습니다

아름다운 당신을 앞에 두고
말이 너무 쉬우면
미안한 마음 감당하기 어려울 것 같아
말을 삼켰습니다

끝내 삼킨 언어지만
말로는 닿지 않을 거리만큼
당신을 사랑합니다.

울타리

당신들과의 울타리에서
보낸 시간은 참 많은데

그 울타리에서 나오는 시간은 너무 적어
저도 어찌하지 못할 공허한 감정들이 쌓였습니다

외로움을 견디니
그대들의 외로움 이해할 수 있었습니다.

사람으로 섰어요

사랑을 주고
사랑을 받으려 했던 지난날에는
사람이 없었어요

홀로 사람으로 서고
사랑을 정의하지 않을 때가 되어서야
사람이 있었고, 연이 닿았어요

모두에게 좋은 사람이고 싶던
때 지난 이야기들은 저 뒤에 묻어 두었어요

천천히 알아가도 좋으니
사랑의 고마움을 알고 사람의 온기를 아는 사람에게
사람으로 섰어요

창문 틈으로 노을은 자주 잔향을 묻혔고
손등에 향이 닿으면
창문을 열고 반가운 인사를 나누었어요.

2부   어른이 된다는 건

어른이 되면, 하고 싶은 게 많았는데
어른이어서 조금씩 놓을 줄도 알아야 함을 알았습니다.
사랑하는 게 많아질수록 감당해야 할 무게가 커지고
무게의 중력에 신음이 나더라도 소리를 내지 않았습니다.
어른이어서 아프지 않은 건 절대 아니었는데,
바보같이 아프다 말하지 않았습니다.

부를 수 없는 너

너와의 설레던 첫 만남은
이별을 종착지로 하기엔
여전히 제자리라 가슴을 찌르는데

어느덧 끝에 도착한 이별은
시작으로 되돌릴 틈도 없이
나를 혼자 내버려 두었네

이별이라는 글자를 받아들이고
추억이 되기까지는
슬픔을 사랑이 밀어냈기 때문인데

추억으로 남아 부르고 싶었던 너의 이름은
다른 남자의 여자가 된 너에게
더 이상 부를 수 없게 되었네.

흔적

누군가를 위해 내뱉은 말은
그 사람의 마음에 남아
흔적이 된다

스치듯 지나치며 한참을 걸으면서도
괜찮을지 자주 뒤를 돌아본다

더 이상 내 소유가 아닌 말들은
너의 마음속에서 더 자라날까

잊은 듯 사라질까
내가 잘한 건 맞는 걸까.

당신의 하루

제가 보내고 싶던 하루와
당신이 감당해야 할 하루는 달랐어요

똑같이 주어진 하루인데
서로 다른 면을 보고 있는 그 간극은
쉽게 채워지지 않네요

어쩌면 우리는 '잘 자'라는 말로
그 간극을 애써 덮었는지도 모르겠어요.

사랑의 행태

가까이 있어 알지 못했던 그의 마음은
멀리 떨어져서야 진심임을 알게 된다

나를 향한 미움과 비판
이 또한 사랑임을 알고 웃어야 하는 순간이

때때로 미치도록 힘들 때가 있다

사랑의 행태가 이쁘지만은 않다는 걸
그땐 왜 몰랐을까.

순위

일
가족
연인

때때로 순위를 정할 수 없는 순간에
순위를 두어야 함이 버거울 때가 있다

무엇 하나 내게 소중하지 않은 건 없는데
순간의 선택으로 누군가는 소중함을
누군가는 소외됨을 느낀다

내 마음은 그런 게 아닌데
나도 잘 살고 싶어 그런 건데.

염원

나에게는 한때 즐거웠던 순간이
누군가에겐 평생 간직하고픈 염원이 되기도 한다

이토록 작은 내가 그녀의 순수한 염원을
지켜줄 수 있을까 싶다가도

한때의 아팠던 바람이 되지 않기 위해
오늘도 그녀를 지탱한다.

단순하다는 것은

복잡한 세상을
단순하게 산다는 것은

당신이 단순해서가 아닌,
모나지 않기 위한 노력이 쌓인 건데

시간이 지나서야
그 마음을 알게 되었습니다

일찍 알았다면
그대 노력을 더 알아주었을 텐데

왜 많은 시간이 지나서야
당신을 조금이나마 이해할 수 있는지 모르겠습니다.

사랑의 무게

너와 나로
조심스레 다가갔던 사랑은

어느새 숨결이 들릴 만큼 가까워져
너는 내가 되고, 나는 네가 되었다

장난스러운 나의 모습을 보며
똑같이 장난치는 너에게 사랑을 느끼다가도

때때로 삶에 지쳐
내가 나를 놓아버리면

너까지 놓아질까
아픈 생각이 맴돌 때가 있다.

할 말

할 말은 많으나 주워 담았습니다

내뱉어서 제가 편한 말이 있고
내뱉지 않아 제가 불편한 말이 있다면

오늘 하루, 시간은 다소 더디게 가더라도
그 길을 택하겠습니다

하고픈 말은 허공에 흩뿌리고
침묵 속에 그대 편한 시간이 되어 드리겠습니다.

훌륭한 사람

하루를 자도
한 움큼도 지워지지 않는
가난과 고통이 내게도 있었다

웃는 학생을 보면
행복해서 웃는 친구와
행복하기 위해 웃는 친구가 나는 보인다

웃음 뒤에 가려진 그늘은
쉽게 해결하지 못해 마냥 슬프다가도

다만 말할 뿐이다

지금을 견디고 있는 것만으로
넌 이미 훌륭한 사람이라고.

상처

누군가의 상처를 보고도
모른 척 지나가야 할 때가 있다

시간이 지나면 그게 또 상처가 되기도 한다

정처 없는 상처라 놓으면 되는 줄 알았는데
나도 모르게 마음에 담았나 보다.

미안하다는 말...

미안하다는 말을 하면 어떡해요

당신과 잇고 싶은 말이 많았는데
아무 말도 할 수가 없잖아요

우리라는 이름으로 길을 가고 싶었는데
우리라는 묶음에서 나만 남았잖아요.

무게

오늘도 흘러가는 시간 속에서
행복을 떠올리다
아련한 사람들을 그린다

누군가를 사랑한다는 것은
누군가를 짊어져야 한다는 '무게'의 다른 표현

사랑하는 사람이 많아질수록
하나라도 덜고 싶지만

무엇 하나 놓을 수 없음에
가슴이 아프다.

출근

밤이슬이 놓지 않은 새벽
길을 나선다

여전히 밤이고 싶은 시간과
낮이어야 할 시간이
조명 아래 어스름을 놓는다

그 경계에서 갈피를 잡아야 할 발걸음들은
아무 일이 아닌 듯 서둘러 방향을 잡는다.

어른이 된다는 건 (1)

어른이 된다는 건
상처를 입어도
모른 척 덮는 일이 많아진다는 것

곪은 상처가 끝내 터져
아픔에 신음해도
다른 사람들도 버티고 산다며
끝내 외면하는 일

철이 든다는 것이
아플 때 소리 내지 말라는 의미란 걸
진작 알았더라면

난 좀 더 늦게 철이 들었을 텐데.

어른이 된다는 건 (2)

어른이 된다는 건
어른이 돼가는 누군가를 위해
후회를 놓지 않는 것

한 번뿐인 인생에
선택의 순간들은 돌아오는 일이나
내가 한 선택에 미련을 두지 않는 것

책임을 가르치기 위해
넘어지고 싶어도
스스로 넘어지지 않는 인생을 사는 것

어른이라는 이름을 붙잡은 후론
함부로 아이처럼 행동할 수 없는 것

엄하다는 주변의 얘기에
외로움 하나가 상처처럼 쌓일지라도
그 길에 들어서는 것을 망설이지 않는,
그런 이름이 되는 것

어른이 된다는 건...

바람

마지막 별 하나가 떨어져
어두운 밤은 또 저물고
기적을 꿈꾸는 마음으로
촛불 하나를 켰을 때

보이지도 보일 수도 없는
약하고 작은 마음이겠으나
두 손 모아 간절히 지키겠사오니
부디 이 마음만은 놓지 않게 하소서.

오늘도 걷는 이유

내가 이대로 멈춰
시간이 주는 울림을 느끼고
공간이 주는 경외함 속에
나라는 존재가 아무것도 아님을 느낄 때

나는 다만 걸어갈 뿐이다

걷다가 만난 사람들에게
이 시간 속에서 당신과 함께함을
같은 공간에서 그대와 한 폭의 사진이 됨을
그저 고마워할 뿐이다.

당신 같지 않아도

오늘 하루, 당신이...

제가 그린 당신의 모습과 다를지라도
당신이라 인정하고 이름을 부르겠습니다

당신은 그저 많은 날의 당신으로 서고
저는 그저, 그런 당신을 지탱하는 사람으로 서겠습니다.

허기

배가 고프지 않았는데
인위적으로 허기를 조장해
밥을 먹고 있었다

이렇게라도 하지 않으면
무엇으로도 채울 수 없었던 오늘 하루가
편하게 지나갈 것 같지 않았다.

밤

누군가에게 아픔은 성장의 밑거름이지만
누군가에겐 아픔은 지워지지 않는 상처

상처를 드러내 노을에 씻기는 밤이 있는 반면
상처를 열수록 슬픔이 몰려 있는 밤도 있는 것

역사를 정답 풀이로 배운 제가
역사에 서러운 한이 있음을 아는 데까지
부족하고 모자라게도 수많은 시간이 지났지만

이 밤의 끝을 붙잡고
쉽사리 잠들 수 없는 밤을
기억 속에서 지우지 않겠습니다.

내일

제가 겪은 오늘과
그대가 겪은 오늘이 다름을 어렴풋이 압니다

아니요 알았다가 알려 했다가
전혀 모른다고 하는 게 맞겠습니다

펜으로 그대를 썼다 지우기를 반복합니다

제 시선은 오롯이 제 주변에만 머물러서
누가 겪을 고통에 섣부르게 공감하지 못합니다

감히 공감하고 나도 아프다 하지 않겠습니다

다만 한 가지
그대가 바라는 걸 저도 알겠습니다

그대도 저처럼 오늘보다 나은 내일을 기다릴 테죠
용기 내어 말하겠습니다

그대의 내일은 오늘보다 찬란하길
간절히 소망합니다.

여행

야경에 젖는 밤을
보지 못했다는 아쉬움보다

야경에 젖을 밤을
기약할 수 있다는 그리움이 마음에 남아

하루의 아쉬운 빈자리를
꿈처럼 채운다.

빗물

하늘은 우리를 내려다보며
되돌릴 수 없는 시간을 회상하고
기약 없는 슬픔에 잘 자라 밤을 청하며
몰래 눈물을 훔쳤겠지

때로는 감당할 수 없는 고독에 쏟아지는 눈물
손에 담지 못해 몇 방울씩 흘렸겠지

내가 손을 내밀어 서툴게 위로하면
하늘도 닦일까.

이대로 멈춰

너의 젖은 눈망울에
나라는 사람이 있음을 알게 되었을 때
아무 말 없이 너를 안았다

이 순간이 이대로 멈췄으면 좋겠다

더 나아가지 않고 감정이 어긋나지 않고
이대로 멈춰 이 순간을 영원이라 말하고 싶었다

그런데 무력하게
나는 아무 말을 할 수 없었다

어느새 내 눈망울에도
네가 들어와 젖고 있었다.

지나간 하루

흘러가는 세월 속에
지나간 시간을 붙잡을 수 없음을 알면서도
사람들은 왜 나를 더 사랑하지 않았느냐며
쓴 잔을 연거푸 마셔댄다

하루의 생기가 다해 노을이 지면
아름다운 집착도 긴 밤에 사라지지만
네온사인 반짝이는 거리엔
지나간 하루를 끌어안는 사람들로 가득하다

고요한 밤, 모두가 잠들어야 할 저녁
사람들은 눈을 감지 않으면서까지
지나간 하루를 그리워하며
하루를 더 살고자 한다.

고장난 하루

나쁜 꿈을 꾸어
잔뜩 움츠러진 몸은 더 구부리고
하루의 시작을 방해하려
시끄러운 알람 소리에도 귀를 닫는다

오늘은 그런 날이다

'어쩐지 시작하면 안 될 것 같은 날'

그럼에도 하루는 사실처럼 시작된다

샤워를 하고 하루의 일과를 가방에 담는다
어쩐 일인지 가방의 지퍼가 닫히지 않는다

'너도 오늘 하루를 시작하고 싶지 않구나'

고장 난 가방을 외면하고 문을 나선다
사람들을 만나 포장된 웃음으로 행동을 시작한다
나쁜 꿈처럼 실수와 오해를 낳는다

오늘은 역시 시작되지 말아야 할 날이다
땡볕에 우두키니 서서 하늘을 쳐다본다
그럼에도 하늘은 선명해 파랗고
뭉게구름은 이쁘게 뭉쳐있다

오늘은 어쩐지 사람들도 다 정상인 것만 같다
나의 하루만 고장 났다.

그 날

늦은 밤
차가운 골방에서 잠들지 못했던 그날을 기억해요

이 밤이 지나면 해가 뜰 텐데
가난한 우리의 삶도 낮처럼 환해질 수 있을까
간신히 잠들다 기적처럼 떠진 눈앞엔
늘 똑같은 하루였죠

웃으며 쓴 하루를 덮으려는 어머니에게
전 늘 인상을 쓰며 우리의 하루를 보여주었죠

얼마나 많이 아팠을까요
혼자서 많고 많은 눈물을 훔쳤겠죠

그 시절, 가난해서 외면한 줄 알았는데
어머니께 참 못난 나여서 싫었나 봐요

다시 그날로 돌아간다면
가난해도 좋으니
우리 어머니 제가 꼭 안아줄게요.

또다시 봄

벚꽃 아래 지듯
피는 마음 너머에
아름답게 잊혀질 것들에 대하여
여운을 담기

그리움 저편으로
언젠가 보내야 할 것들에 대하여
마침표는 찍지 않기

봄이 오고 또 봄이 오듯
봄에 선 그날도, 우리도 온다는 것을
잊지 않기

보고픈 계절은
사랑하는 사람의 계절로 그 향을 대신하길.

그리다

너를 그리다
끝내 그리워
보고 싶다 네 글자로
성큼성큼 다가가려다

내 앞에 찍힌 너의 발자국
비 오듯 눈물로 씻겨낸 너의 흔적들
끝내 다가올 수 없었던 연약한 조각들이
비수처럼 내 심장에 꽂혀

보고 싶다
네 글자를 허공에 그리네.

어디에 있나요

차창 밖 너머
반짝이는 별 바라보는 그대 기억해요

언제 봐도 반짝이는 별
처음 보듯 눈에 담았죠
제 손을 잡았던 그날도요

거리를 걷다
그대 생각나면 무심코 하늘을 올려봐요

바람은 차갑게 구름을 덮었고
하늘은 우울한지 짙은 얼굴 드리우네요

반짝이는 별 하나, 어디에 있나요.

그 자리에

여행을 가서 너를 만나
낯설고 설레어서 좋은 줄 알았는데
사실은 흘러가는 시간 속에서도
늘 그 자리에 있어 좋은 거더라

열심히 살겠다는 처음의 열정도
누군가를 사랑하겠다는 변치 않는 마음도
상처를 주지 않겠다는 다짐도

세월의 풍파 속에 잊히고 부서지는데
너만은 모진 시간 속에서도 늘 제자리였구나

두근거리고 벅찬 마음 그냥 둘 수 없어
사진을 찍어 너를 담으려다
나와 함께 하는 걸음 너마저 부서질까
떨리는 손 멈출 수가 없구나

카메라로 한참을 응시하고 너를 가지려다
이내 접고 마음을 돌린다

다시 왔을 때도

그 자리에 있어 줄 수 있겠니.

모르고 싶네요

그대 꿈에 나와
내게 전화해 말했죠

혼자 여행하며 사람들도 만나보니
내가 없는 삶에도 용기가 생긴다고

웃으며 얘기했지만 들리는 음성이 떨려
아니라고 잡으며 안아야 할지
무심코 미소 지으며 놓아야 할지
나는 전혀 알 수가 없네요

꿈에서라도 내가 건넨 말을
들을 수 있다면 좋았을 텐데
길었던 적막은 아무런 선택도 남겨두지 않았네요

누군가를 사랑할 줄 아는 사람으로 성장했는데
무심코 놓아줄 사람으로 성장하지 못했나 봐요

우리에게도 사랑과 이별 중
하나만 택해야 하는 순간이 올 것임을
미리 알았음에도

여전히 모르겠네요
아뇨...
그저 모르고 싶네요.

친구니깐

시간 남는 사람이 어딨겠어
친구니깐 보는 거지

책을 읽고 생각을 하고
시간을 쪼개 매 순간 선택을 하고
너를 만나는 시간조차 조정했던 나에게
너의 말은 한참을 머물렀다

오늘 밤은 책을 읽지 말아야겠다
시를 쓰지 말아야겠다

한결같은 너의 말이 더 시처럼 느껴지는 오늘은
그저 여백 없이 묵묵히 걸어야겠다
어둠 속에서 조금은 부끄러워하고
가끔은 널 그려야겠다.

틈

둘보다는 하나여서
설레었던 사랑은

시간이 지나 하나에서 떨어져
둘이어야 아름다울 때가 있다

너무 사랑했던 이들이
지는 석양을 바라보며
각자의 꿈을 눈에 담는 것처럼

많이 어긋나지 않기 위해
가끔은 어긋나고

다 안다고 착각하지 않기 위해
조금은 멀리 떨어져 본다.

영화관

영화 시작 전 작은 허기를 못 참고
팝콘을 먹을까 나초를 먹을까 고민하는데
'이천 원만 더 내면 콤보를 먹을 수 있는데'

귓가에 들리는 너의 음성

늘 남길 걸 알면서도 한가득 안고 웃던 모습
팝콘 한 알 넣기 전인데 풍족했던 그 눈빛

아른거리는 이미지를 뒤로하고
나초와 사이다만 덤덤하게 주문한다

무거운 추를 가슴에 안고 좌석에 앉아
달콤한 척 나초를 입에 넣는다
그렇게 좋아했던 나초가 왜 써서
차마 다 먹지 못하는지

눈앞의 영화는 여러 눈을 사로잡았는데
나는 왜 홀로 너와의 영화 속에서 헤매는지

우린 분명 서로를 외면한 채 등을 돌려
각자의 길로 가고 있는데

아련해야 할 너의 모습은 더 선명해지고
앞으로 가야 할 시간은 자꾸만 되돌아 너를 향한다

나는 너를 지울 수 있을까.

이별 쓰기

너를 꼭 안아주던 손으로
이별을 쓰기가 참기 힘들 정도로 아팠다

사랑은 때론 잔인해야 한다는데
사랑이 지금 잔인해야 함을 내가 안다는 게
미치도록 싫었다

이별이라는 단어를 쓰고 이별을 지우고
이별을 쓰고 이별을 지우고
이별을 지우려다 끝내 써진 이별을 보았다

그동안 단단한 척 견뎠던 마음들은 잡을 새 없이
눈으로 코로 목으로 소리 내어 흐르고 있었다
내 안의 모든 것들은 온 힘을 다해
너에게 써진 이별로 떨어지고 있었다.

맴맴

너는 울어
하루에 존재했음을
절실하게 말하는데

나는 울어
오늘 하루 또한 절실했음을
남길 수 있을까.

안부

늘 묻는 안부가
늘 같을 수 없다는 걸 알아요

오늘 아침 놓인 당신 시간은
어제와 다르고

창문 틈으로 들어온 바람에
그대 전한 감정도 예전과 달라요

낮잠이 많은 당신이지만
훅 들어온 생각들에 밤잠을 설친지도 몰라요

"잘 잤어?"라는 물음은 늘 같지 않아요
당연하지 않아요

오늘의 당신을
어제와 같지 않은 당신을 존중해요

다시 사랑해요.

놓다

일상을 벗어나 여행을 하는 동안
해가 뜨면 술을 마시고
지는 석양에도 술을 마셨다

나답고 멋지게 살기 위해
운동을 하고 책을 놓지 않다가
배불러도 잘 때까지 먹고
불안감에 가져온 책은 눈으로 담았다

살기 위해 애쓴 흔적을 되새기는 일보다
찰나의 순간에 나를 놓는 것이 더 쉬웠다

지금도 책을 읽다 시원한 바다를 그리는 것은
그때의 찰나의 순간
나를 놓았던 짜릿함을 잊지 못해서인지도 모른다.

여행 후

몸은 돌아왔는데
마음은 미처 챙기지 않아

내 시선은 여전히 핑크빛 바다에 물들고
거세게 몰아치던 파도 소리는 귀를 울린다

풍경이 잠시나마 일상을 덮었을 땐
나른하게 몸을 맡겼다가도

일상이 풍경을 재차 덮으려 하니
두고 온 마음이 말린다

내 마음은 이러지도 저러지도 못한 채
정처 없이 떠돈다.

나무

마음이 울적해서 비가 오는지
나무 그늘 아래 몸을 숨겼다
나뭇잎 사이로 물방울이 떨어졌지만
나무의 보호 속에 온기가 있어 따뜻했다

나도 누군가의 나무였던 적이 있다
비가 오고 태풍이 와도 그 자리에 있었다

지금의 난 나무가 아니다

어쩌면 사소한 바람이었는데
광풍일지 모른다며 스스로 나무를 뽑았다

누군가의 나무를 쉽게 뽑은 나는
나무 아래 숨는 게 부끄러워졌다

한 발자국 나무로부터 물러난다
어쩌면 너도 맞을 비를 나도 맞는다.

전화벨

늦은 밤 전화벨이 울린다
핸드폰을 보니 늘 위로를 구한 사람의
이름이 적혀있다

벨소리가 저절로 꺼질 때까지 숨을 죽인다

오늘은 나도 참 힘든 날이다
내 무게에 너의 무게를 얹고 싶지 않다.

사랑

보고자 하는 어머니의 마음과
혼자 있고 싶은 나의 마음은
때로 충돌할 때가 있다

예민한 모습은 보이고 싶지 않은 나의 마음과
그런 모습마저 다 보고 싶은 어머니의 마음은

서로를 향한 사랑이면서도 무심하게 어긋난다.

말 없는 말로 그대 안아주었습니다

그대 혼자 놓인 시간에
그리움이 물들면
오늘따라 이쁜 구름도
어제 있던 구름인 듯
외로움 하나 마음에 입혀집니다

오늘따라 좋은 날씨 덕에
티 나지 않는 마음인지라
괜찮냐는 사람들의 물음엔, 그저 웃습니다

저도 이곳에 서서
당신처럼 구름을 보았고
다 헤아릴 수는 없지만
그대 마음 조금은 알 것 같습니다

제 걸음은 이미 옮겨지고 있었고
당신 보고 있을 구름 옆에 나란히 섰습니다

'왜 왔냐'라는 당신 말에는
말 없는 말로 그저 안아주었습니다.

조용한 나날

그대 털어놓는 걱정에
제 속이 시끄러워도

당신 저를 믿는다는 말인 것 같아
그대 더 이뻤습니다

그대 알 길 없는 조용한 나날보다는
그대 조금이라도 알 수 있는 이런 날들이
제게 주어진 소중한 시간입니다.

책, 인생, 그리고 너

테이블에 적당히 취기가 얹히고 촛불 하나 켜지니
아무 얘기나 행복이 될 것 같은 밤이었다

문득 누군가 책이 인생에서 어떤 의미냐고 물었다

책은 내게 좋은 인연들을 그냥 스치지 않게 하였고
그들의 이야기를 정성껏 듣게 하였고
지금 옆에 있는 이를 진심으로 사랑하게 하였다

오늘은 네가 살아왔던 과거와 추억 이야기
달콤하고 쌉쓰름한 와인을 함께 음미했던 순간을
더 사랑하고자 한다

책을 넘긴다
책에 너의 온기가 묻는다.

너를 새긴다

소중한 사람을 보내고
남은 이를 소중히 하려 애쓴다

나와의 긴 대화 속에
그는 무척 실망한 기색이다

내 언어의 끝엔, 네가 있었다

너를 보내고, 너를 새긴다.

기적

아빠, 나 어릴 때 기도를 참 많이 했어
내 이름을 부르는 일보다 신의 이름을 부른 날이 많았어

집으로 가는 우울한 걸음을 없애주시고
가난하고 자유롭지 못한 삶에서 꺼내 달라고
하늘에 말했어

공허한 외침에 지칠 때쯤
한 줄기의 빛은 선명히 보였고
어쩌면 더 많은 것을 바랐는지도 모르겠어

그러다 기적처럼 어른이 되는 시간은 나에게도 왔었고
아빠랑 여행을 가서 쉴 새 없는 미소를 짓던
선물 같은 날도 찾아왔어

아빠와 온천을 가서
쌓였던 삶의 고단함을 내려놓는 동안
없으면 감히 바랄 수 없는 존재가 이렇게 옆에 있는 게
다행이라는 생각이 들었어

아빠는 내게 그런 존재야
기적이 되어주는 사람

이젠 하늘에 데고 감히 기적을 바라지 않을게
무한히 고맙다 말할게

그러니, 내가 다시 하늘에 기도하지 않게
아빠가 옆에 있어줘...

3부   소망

작은 것들에 고마움과 미안함을 느끼는 사람이고 싶고
비가 오고, 눈이 오고, 별이 뜨는 순간에도
사랑하는 사람과 함께 웃으며 반짝이고 싶습니다.
한 번뿐인 인생이나 감히 바랄 수 있다면
오늘 한 번쯤은, 부디 반짝이고 싶습니다

질 수 있을까

봄, 여름, 가을, 겨울

한 해를 삶으로 보면
가을은 나로서 절실히 익어가는 계절
겨울은 온전한 내가 잊히는 계절

그래서 가을엔 사랑하는 사람을 두고도
절실한 사랑을 찾아 헤매고
직장을 그만두고 불쑥 여행을 떠나고
잠잘 시간을 외면하고 의식적으로 책을 읽는

사람들의 메아리가 더 아쉽게 들리는 계절

겨울에 진다는 걸 알고도
나는,
아름답게 질 수 있을까.

시를 쓴다

지는 너를 마음에 건다
살날을 세기보다 하루를 살아도 잘 살고자 한다
지폐 뒤에 꾸겼던 꿈을 조금씩 편다

사람들 틈에서 숨을 쉬기보다
아침에 기분 좋게 기지개를 켜고 싶다
못다 한 꿈을 이내 일으켜 크게 숨을 쉬어 본다

후우~~~~

걸음을 걷다 이내 멈추고 펜을 든다
시를 쓴다.

어른스럽다

어릴 적 형의 생활기록부에는
나이에 비해 어른스럽다는 글이 많았다

덜컥 다가온 끝날지 모를 가난은
투정을 부릴 나이에 참는 법을 알려주었다

어쩌면 어른이 무언지도 모를 형은
너무 빨리 어른인 척 삶을 감내하다
끝내 어른이 되었다

남들은 형의 듬직한 모습이
아파도 참는 모습이 매력이라지만
내 눈엔 너무 일찍 어른이 된 형이
가끔씩 아프다.

시간

그대 세월이 빨라
해주지 못한 시간이
미련에 남는지

오늘은 더 잘해 드리고 싶은 밤입니다

오늘이 지나 내일은 있겠으나
당신 행복하게 웃는 이 밤을
더 붙잡고 싶었습니다.

좋다

아버지와 비행기를 타고
마음 둘 공간에 도착해 맥주 한 잔에 마음을 푼다

핑크빛 바다 물결에 시선을 두다 사진을 찍으니
'좋다'라는 아버지의 웃음 진 소리가
귀에 꽂힌다

바람이 지나간 곳에 흐트러진 노을
어둠을 깨려는 시원한 파도 소리
짙게 드리워진 그늘에서도 유난히 맑았던
아버지의 표정을 따라가다
또 한 번 정적을 깨고 들리는 소리

"좋다."
'아버지... 저도 지금, 이 순간이 참 좋네요.'

비가 오는 날이면

이렇게 비가 많이 오면
너의 생각에 머문다
내 마음은 늘 그랬듯 한걸음에 달려가
너에게 우산을 씌운다

하루는 비가 오고 태풍이 오는데도
나는 가지 않았고 너는 늘 그랬듯 우산이 없었다

나는 맑은 너를 모질게 울렸다

그래서 비가 오는 날이면
혼자서 우산을 쓰고 걸어가다
자주 멈춰 뒤를 돌아본다

너가 내리는 비가 아닐까 하고.

아버지

붉은 석양을 바라보며
저는 다시 해가 떠오름을
아버지는 곧 해가 가라앉음을 보셨을까요

성인이 되어 아버지와 술 한잔 적시고
사회인이 되며 아버지의 술값을 내고
철든 어른이 되어 아버지와 여행을 오며
아버지의 세월을 이해하는 동안

아버지는 아버지로 저의 세월을 이해하며
머무르지 않고 저만큼 걸음을 옮기셨네요

아버지의 세월이 멀어질 줄 알았다면
이렇게 일찍 어른이 되지는 않았을 텐데

지금 함께 바라보는 석양은 마음이 참 설레죠
일상에서 노을이 지면 늘 그렇듯
아버지와 술 한잔 적시고 싶은데
먼 훗날 아버지가 저만의 기억에 머무른다면
전 어쩌죠...

아버지

부디 지금처럼 건강히 오래오래 사세요

아니, 죽지 말고 제 옆에 있어 주세요.

술김에

아버지와 술자리가 길어질수록
부어가는 술의 양에 속은 엉망진창이 된다

꼬부라진 혀로 의사소통은 안 될 것 같은데
신기하게도 기분 좋게 소통이 이어지고

애정 어린 눈빛으로 무심한 듯 툭 던졌다

"아빠는 내가 제일 사랑하는 친구야."라고...

아침에 일어났을 때 속은 미친 듯이 아팠고
머리도 지끈지끈했지만

술이 내 속을 해치기만 한 것은
아닌 것 같아 다행이었다

부끄러워 내뱉지 못했던 내 깊은 속 마음을
나 대신 끄집어내 줬으니.

이곳은

이곳에 세월 씻겨줄 바람 있고
나무들이 만든 그늘엔
그대 숨 내쉴 청량한 공간 있고
풀들이 누워 해가 앉힌 곳엔
당신 좋아하는, 하늘 바라볼 수 있습니다

밤에는, 반딧불이 그대 잃은 꿈을 하늘에 적고
반짝였던 그대 청춘은 별들이 말해줍니다

당신 있는 것만으로도 제게 꿈이었기에
그대에게 가장 이쁜 꿈을 드리겠습니다.

과거로 간다면

과거로 간다면 내가 향하는 발길은 어디일까
사랑에 서툴러 무심코 놓아버렸던 하얀 손
캠퍼스 낭만에 취해 한없이 머물렀던 순간
인생 공부가 아닌 성적 공부를 했던 그 시절

만약 행운이 있어 과거로 다시 돌아가라 한다면
나는 과거를 회상할 수 있는 지금에 머물 거야

사랑에 서툴렀기에 손을 맞잡는 것만으로
세상의 뜨거운 온도는 다 내 것이었고
무심코 놓았던 사랑이 아픔인 걸 알았기에
겨울의 사랑도 사랑임을 배웠어

도서관에 가면 언제든 읽을 수 있었던
수많은 인생 서적들은 외면하고
시험 준비를 하는 게 기계처럼 느껴질 때
나는 그제야 사람답게 사는 것을 고민했어

지금 과거로 간다면 아쉬웠던 순간들을
바꿔 놓을 수는 있겠지만
다시 글을 쓰는 지금에 와서
여전히 아쉬움은 남을 것 같아

과거를 지나 지금을 살아가는 나에게도
여전히 아쉬움이 남는 것처럼
과거의 나도 여전히 사랑의 향수에 젖고
도서관의 책을 외면하며 아쉬움에 젖겠지

우리는 시간이 지나도
참 애틋하게 닮아있거든...

행복

우리 눈에 펼쳐진 것들이 아름다워
쏟아지는 잠을 깨우고

버티어낸 시간만큼 빛나던 것들은
웃으며 다가오고

당신 미소 쉴 새 없이 눈 속에 걸려
지금도, 이 순간도 사랑하자 말할 때
그대 말없이 달려와 제게 안겼습니다

이 밤, 당신이 놓치고 싶지 않은 행복의 무게는
손수 받아 저에게 달겠습니다.

당신도 같은 표정이었어요

소복하게 쌓였던 고민들도
당신 표정 보니 없었던 일인 듯 잊혀요

낭만 가득한 하루들은
저에게도 스치는 일이었을 텐데

그대 쳐다보는 풍경, 그저 따라 보다
낭만을 수놓고 고마움을 말했어요

노을이 그리는 그림들은
엷게 퍼져 저에게 다가오는 듯해
움켜두었던 미소를 보였어요

뒤돌아 그대 보니
당신도 같은 표정이었어요.

가을

단풍잎은 빨갛게 익어가는데
책을 펼친 내 마음은 익을 준비만 하네

매년 겨울이 되면 수없이 기도하고 간절했던 이상들
'이상을 붙잡으면 단풍잎처럼 익어가겠지' 하며
설레었던 순간들

한 숟가락에 배부를 수는 없지만
한 숟가락에 배부르고 싶은 것은 순수한 욕망일까

먼 정동진까지 찾아가 해를 맞이하는 사람들과
높은 정상까지 가서야 환희에 젖는 사람들은
힘들어야만 소망이 이루어진다는 것을
절실해야만 소망에 닿을 수 있다는 것을

아는 걸까
이렇게라도 믿고 싶은 걸까

책을 펼친 손이 페이지를 넘기지 못하고
책을 향한 시선이 책을 보지 못히는 걸 보면
내용을 마음에 풀 수 있을 만큼
계절의 익어감에 반항하고 싶은 만큼

절실하게 무엇인가를 사랑하지 못했던 탓일까

우리는 그토록 떠나고 싶어 했던 걸까
여행이라는 이름으로 충만한 척하기 위해
사실은 가을이라는 이름으로
채워지지 않는 마음 놓을 장소를 찾기 위해

……
아. 가을이구나!

혼자 한 여행

나를 가두었던 직장생활에서 잠시나마 벗어나고자
처음으로 해외로 나가는 비행기에 올랐다
낯설었고 두려웠고 정확한 방향도 몰랐으나
길을 잃어도 비난할 이 없는 낯선 땅이 좋았다

길을 걷다 이름 모를 강가에 앉아 보기도 하고
요트를 타고 햇살과 바람을 동시에 맞기도 했다
한 카페에서는 사람들의 웃음에 푹 빠지려고
제일 큰 커피를 사서 천천히 음미하기도 했다

아무도 재촉할 일 없는 이곳에서
다음 행선지는 기분이 내키는 대로 결정하고
저녁 식사가 아닌 배고픈 시간에 식사를 했다

맛있어 보이는 햄버거와 사이다를 들고
산책을 하는 사람들과 벤치에 앉아
음악을 하는 사람들을 구경했다

때마침 노을이 찾아와
내 심장도 노랗게 물들어 핸드폰을 찾았으나
문자 확인 안 하냐며 재촉하는 핸드폰은
진작에 두고 와 통쾌한 웃음이 났다

보고할 일 없는 천천히 스며드는 저녁 사진은
내 눈과 마음으로 이해하고 받아들였다
사람들의 얼굴이 노을에 닿아 하루가 저물 때쯤

나는 회식 자리가 아닌
발길 닿은 이곳에서 마음껏 취하고 있었다.

500원

나에게도 가난은 그에게도 가난은
아무런 설명과 이유 없이 찾아왔다

바퀴벌레의 생명이 길고 번식력이 엄청나듯
가난이 낳은 빚과 우울함은 그칠 날이 없었다

농구장 골대에 골을 넣는 것만이 우리가
숨을 쉴 수는 있는 유일한 자유이자 목표였다

그와 골 넣는 내기를 하며 불타올랐던 승부욕은
가난을 이기지 못해 나오는 승부욕이기도 했다

우리는 수없이 싸웠고 수없이 이기고 졌다
그 뒤로 가난은 그에게 더 붙어 있었다

나는 늘 편의점에 그와 함께 가서 간식을 먹었다
그는 나를 만날 때마다 함박웃음을 지었는데
매번 사주다 보니 매번 사주는 게 아까운 날이 있었다

어느 날 편의점을 향하는데 나중에 갚겠다며
친구들에게 돈을 빌리는 그가 보였다

미안함에 내가 샀는데 그는 고맙게도 웃어주었다
한 번 빌리는 것이 아닌 듯 배고픈 그를 보며
나는 나에게 500원보다 더 큰 상처를 주었다

지금도 그는 세상에서 나를 가장 믿어주는데
나는 그때 고작 그 500원을 못 주었던 것이다

나의 더 꽉 찬 배부름을 위해.

산을 타도 산의 정상이 필요 없을 때가 있나 봅니다

아버지와 산을 탑니다
아버지와 발을 맞추다 느린 속도에 답답했는지
혼자서 몇 발자국 앞서 봅니다

한참을 앞서 보다 커져 가는 숨소리에
뒤를 돌아 아버지를 바라보고 묵묵히 기다려봅니다

묵묵히 기다리기를 몇 번
고작 몇 번의 기다림에 나를 대견해하려고 할 때
문득 스쳐 가는 하나의 생각

아버지는 나보다 한참 위에서
얼마나 많은 세월을 바라보고 기다리셨을까

헤아릴 수 없는 시간을 애써 헤아려 봅니다

아버지의 단단함은 많은 기다림에 지쳐 있었고
단단해지고 싶은 나의 마음은
작은 행위에도 채워진다 생각하니
부끄러움이 배낭에 얹힙니다

산의 중턱에 올라 아버지와 마신 막걸리 몇 잔
빈 컵에 채워지는 막걸리를 바라보며
나의 빈 잔은 아버지라는 채움이 있었는데
아버지의 빈 잔은 나라는 놈이 채움이 될까

문득 산의 정상을 바라보는데
나를 바라보는 아버지를 바라봅니다

때로는 산을 타도
산의 정상이 필요 없을 때가 있나 봅니다.

나이

당신, 오늘도 젊습니다

웃는 모습엔 뛰어노는 아이가 보이고
추억을 꺼내는 모습에서는
서랍장에 보물을 숨기곤 했던 소년이 보입니다

오고 가는 대화에 쌓이는 술잔에도
여전히 더 취하길 바라는 모습에서는
그대의 청춘이 그대 마음에 비칩니다

당신이 행복할 땐, 당신 나이를 세지 않아 좋습니다.

적막

사람들과 대화를 이어가다
밤이 된 쓸쓸한 거리에 시선을 둔다

흥이 올랐는지 사랑 얘기가 한창이고
내겐 지금 다가온 적막을 받아들이는 일이
아련하며 쓸쓸하다

그들의 흥을 깨지 않은 채
혼자서 소주를 마시며 고독에 취한다

배려심 깊은 한 친구가 흥을 깨고
내게 기분 안 좋은 일이 있는지 묻는다

사람들의 시선이 내게 몰릴 때
나는 어쩔 수 없이 깊은 고독을 깨고
아무 즐거운 얘기나 손쉽게 이어간다.

혼자만의 파티

기분 좋은 일이 있으면
친구들과 술잔을 곁들인 적도 있었으나
딱히 그러지 않는다

맥주 한 캔과 과자 한 봉지로
조촐한 파티를 준비한다

맥주를 마시며 지나가는 기쁨을 음미하고
과자를 먹으며 지나간 시간을 소환한다

파티가 끝났을 땐 절정의 기쁨도 없고
떠나간 기쁨에 대한 미련도 없다

잠시 머물렀던 기쁨을 대접했을 뿐이며
이제 떠나가는 기쁨을 배웅했을 뿐이다

그리고 일상의 내가 평화롭게 있을 뿐이다.

어긋난 감정

나는 기뻤는데
너는 슬픈 얼굴을 하고 있었어

나는 축하받고자 했고
너는 위로받고자 했지

나는 애써 기쁜 감정을 내리고 있었고
너는 웃음으로 슬픈 감정을 덮으려 했어

그 순간 우리가 바라보는 감정은 달랐거든.

사진

우리의 사진 속엔 늘 웃는 얼굴이 있어
늘 웃었으면 하는 기대감이 있었나 봐

너와의 만남에 즐거울 거라고 예상을 했었는데
내 욕심이었는지 함께 걷는 거리가 유난히 춥더라

술 한 잔에도 맛있는 음식 앞에서도
아무런 감흥이 없는 너였기에
덩달아 쳐지고 괜한 시간을 보내는 것 아닌가 했어

웃으며 너를 보내고
한참을 너의 뒷모습을 바라보는데
그날따라 축 처진 너의 어깨에
나의 마음도 무거워지더라

인생이 참 웃기지
따지고 보면 우리의 사진이
꼭 웃을 필요는 없었는데 말이야

기쁘면 기쁜 대로 슬프면 슬픈 대로

친구로서 한순간을 함께 보내면 되는 거잖아

사진이 슬프면 어때

울면 어때

친구잖아. 우리.

인생은 그런 거라는..

인생은 그런 거라는 말은
독특한 말이 아니라
내게는 오지 않을 말일 줄 알았는데

삶을 살아보니
인생은 그런 것 같아요

의미 두었던 것들이 묽어질 때가 있고
과거로 묶이지 않을 시간일 줄 알았는데
애처로운 과거로 올 때가 있어요

그 모든 것들을 바꾸지 않고
나름의 존재들로 삶을 바라보게 될 때
인생은 그런 거라는 말이 이해가 돼요

당신들이 해준 그 말을 이해하고
제가 당신들을 이해할 수 있는 시간이 온 게

저에게 한순간 주어진 가장 큰 선물이에요.

고백

아버지의 선한 웃음 뒤로
묵묵히 지나쳤을 슬픈 장면들이
이제야 눈에 보입니다

아버지라는 무게를 버티려고
참으로 많이 취하셨던 지난날들이 아파
가끔은 혼자서 술을 마시곤 합니다

아버지...

제가 태어난 날 저의 여린 손을 꼭 잡아주셨죠
오늘은 제가 먼저 아버지의 여린 마음을
잡아드릴까 합니다

이렇게 먼저 아버지께 손을 내미니
제 손 꼭 붙잡고 많은 날을 사랑했으면 합니다
아니, 많은 날을 살아갔으면 합니다

아버지, 사랑합니다.

평생, 사랑

평생을 사랑한다는 게
겁이 나지 않는 건 아니지만

생에 한 번쯤
선택의 순간이 다가와

그 순간을 믿어야 한다면
그 사람은 당신이었으면 해요.

덮어쓰기

연말마다 템플스테이에 가니
스님이 묻는다

"너는 템플스테이에 왜 오니."

왜 오냐는 질문은 생각을 많이 하게 한다
잠시 생각에 머무르다 결론을 내리고 대답한다

"풍경도 보고 스님도 보며 마음을 비우려고요."

생각에 머무르는 나와 달리
스님이 바로 답을 한다

"그건 마음을 비우는 게 아니라 덮어쓰기 한 거야
일상에 돌아가면 똑같잖아
잠시 풍경이 일상을 덮은 것뿐이야."

불안

불을 끄고 뒤척이다
손을 뻗어 핸드폰을 켠다
무의미하게 이 사람 저 사람의 소식을 뒤적이다가
오늘의 내 마음을 움켜 본다

째깍째깍 울리는 초침 소리가
귀에서 멀어진 지 오래다
오늘을 살까 하다가 멀뚱히 쉬이 지나친 하루를 맞았다

통증 없이 걸러지는 하루는
통증으로 기억되는 하루보다 더 아프다

몇 시인지 모를 새벽
무의미하게 누르는 핸드폰과의 교감은
불안하게도 멈출 줄 모른다

나는 오늘도 단 하나의 의미이고 싶다.

안부 없음

말없이 한참을
잔잔하게 치는 강을 바라보았습니다

서로의 안부를 묻고 답하며
당신 웃으면
그대에게 참 잘한다 생각했는데

때로 이렇게 떨어져
말없이 적적하게 놓는 시간이
그대에게 더 필요함을 알았습니다

오늘 안부 없음이
제가 그대에게 전하는 안부입니다.

맛있는 30분을 위해 오늘을 살아

하루는 늘 주어져
어제의 행복을 지키고 싶은 사람에게도
어제의 불행을 지속하고 싶지 않은 사람에게도

그래서 늘 일어나
오늘은 다른 하루이지는 않을까

거울 속에 비친 나를 보고 위로를 건네
옷의 컬러를 달리해보기도 하고
신발을 신으며 시원한 바람도 느껴

계획대로 진행되는 일에 미소를 짓다가도
때때로 희망대로 되지 않는 일들이 있어

이럴 땐 창밖을 보는 게 도움이 되는데
신기하게 이 순간에도 저녁은 오고
저녁이 오면 배가 고파

나는 내 일에 좀 더 배가 고프고 싶은데
어느 순간 내 발걸음은 집을 향하고 있어
맛있는 순간은 30분이야

가끔은 생각해
맛있는 30분을 위해 오늘을 산다고

그래서 내일 다가오는 또 하루가
너무 벅찰 때도 있어.

어머님이 왔다 가셨구나

마음이 힘들어 고요한데
애써 말하지 않았다

"아들, 밥 먹어."

무슨 일인지 신나 보이는 어머님의 목소리에
식탁에 앉아 젓가락을 들고 보니

어묵, 두부, 닭볶음탕
내가 좋아하는 것들이 한가득

어머님의 정성 어린 반찬들을 한참을 보다
차마 잡지 못하고 눈물이 뚝...

표현하지 않았는데
어머님이 내 마음에 왔다 가셨구나.

약속

한평생을 함께하며
당신으로 인해
늘 설렐 거라는 다짐은 못 하지만

봄이 오는 날
당신 덕에 꽃이 피우던 그날
한평생을 함께하고픈 마음을 갖게 된 게
당신이란 건 영원히 기억할게요.

소망

여러 날을 거치는 동안
빛바랜 날들도 있었고
꺼진 불빛 아래서
한참을 머문 날도 있었습니다

한 해 전에 적은 소망들을 보다
그저 소망으로 머물러
소리가 없는 것들은, 이내 지우기도 했습니다

그러다 그대 만나
해주고 싶은 것들이 많아지고
별처럼 빛나는 순간들이 많아지니
욕심인 줄 아나 바라는 게 많아졌습니다

때로는 그 욕심으로 하루를 걷습니다
여전히 별들도 제게 인사를 합니다

손 내밀어 별이 되는 날엔,
가장 먼저 그대에게 안겨주겠습니다.

사랑의 정의

사랑을 안다고 얘기하기에는
여전히 무섭고
모른다고 말해야 하는 걸 아는데
이 말 한마디만 전하고 싶어요

만약, 새로운 사람이 눈에 보이고
지금의 사랑이 흔들려 선택의 순간이 올 때

지금의 사랑을 버릴 수 없다면, 그게 사랑이에요.

잠

그대 소란했던 날들은
깊은 밤을 방해했는지도 몰라요

밤은 저무는 시간을 향해 가는데
당신 마음 시끄러워
쉽게 잠들지 못했던 나날이었나 봐요

누구에게도 꺼내지 못했던 그대 계절이
조금씩 제게로 와요

손만 건넸던 당신의 온기가
이제는 마음까지 전해져 제게 온 것을 알아요

힘겹게 연 당신의 품을...
오래 바라보던, 당신의 눈을 기억해요

그 눈이 제 가슴에 닿아
나의 계절이 되었어요

밤이 지고 당신 옆에 소곤히 잠들면

그대 시끄러운 날들은 지나가요

제가 그대 곁에 있으니

소란했던 날들은 저 멀리 사라지고 없어요

당신 곁에는 제가 있어요.

좋아해 주세요

누군가의 상처가 당신에게 왔다면
조언을 해달라는 말은 아니에요

상처받은 나도, 여전히 나인데
그런 나도, 괜찮냐는 말일 거예요

당신의 살아온 이력을 더 알고 싶은 게 아니라
이런 나의 모습도 좋아할 수 있냐고 묻는 거예요

그러니 더 좋아해 주세요
그 사람이 그 사람일 수 있도록.

집으로 가는 길

어제 같지 않던 고된 하루는
애써 묻어두었던 삶의 애환마저 들추게 하고

풀어놓지 못했던 당신 고독은
그대 발굼에 걸려 무겁게 매달렸는지도 모릅니다

술김에서야 나왔던 당신 말들은
독한 냄새 때문인지 귀찮게 들렸고
당신을 그저 방으로 떠미는 것 말고는 할 게 없었습니다

그런 날, 그대 지침에 안아주지 못해 미안하다는 말을
지금에서야 전합니다.

고향

저마다의 찬란했던 날들은
시간에 묻히면 과거로 남는데
다시 꺼내고 싶었던 순간은 없었는지요

밤바다가 조명에 걸려
젊은 곡선을 드러내고
별빛이 우수수 떨어질 듯 그대 시야에 걸치면
당신은 어떤 시간에 머물고 싶었을까요

우리 앉은 곳에 기대듯 철썩이는 파도 소리보다
말 없던 그대의 소리가 선명하게 들리는 오늘,
당신 더 외로워 보였던 까닭은 묻고 싶어도 묻지 못했어요

나는 당신 이끌고 가지 못하는 곳이니
파도가 대신 그래 주길, 감히 바랐어요.

오지 말아야 할 슬픔

이제야 보고팠던 것들이 눈에 보이고
하루를 내딛는 걸음이 가벼워지기 시작했는데
왜 하필 지금일까요

빛다운 빛이 제게 보이고
청명한 하늘 올려다볼 용기가 가득했는데
왜 지금 슬픔을 주는 걸까요

제가 자만했던가요
얻지 말아야 할 행복을 가졌었나요

갑작스레 다가온 감당 못할 벽들은
누가 있어 치워 주나요.

그저, 당신이어서

사랑을 한다며
나로 온전히 서길 바랐고
나를 정의하기 바빴습니다

이쁜 당신을 온전히 바라보지 못한 시간이 지나고
당신이 당신이어서 이쁘다 말하는 시간이 되어서야
그대를 사랑할 수 있었습니다

저를 아끼는 마음보다
당신 위해 무엇을 주는 마음이 들어서니
아침이 오는 소리 더욱 반갑습니다

그대 목소리 듣고 싶습니다.

그대 잠든 시간

적막이 방을 덮고
어두운 밤 아래
당신 숨소리 조용히 들립니다

아무것도 보이지 않은 컴컴한 방 안에서도
당신 얼굴 선명히 빛나 가만히 바라봅니다

지친 하루였으나
그대 편안히 잠든 얼굴 바라볼 수 있다는 것에
온기가 스며드는 밤입니다

그대 얼굴 좀 더 바라보다 잠들겠습니다.

우리 늙더라도

우리 늙어
설렘을 느끼지 못하더라도
함께 있으면 뛰었던 심장을 기억해요

찬바람에 주름이 페어도
함께 손잡으며 온기가 되어주던
그날들을 생각해요

추억할 많은 날을 약속했듯
나이가 들어서도 함께 할 수 있는 것을
종알종알 얘기해 봐요

더는 멋이 없는 사람이겠으나
당신을 제일 잘 아는 사람이 되겠지요

당신 있다면
그 정도로도 풍요롭겠죠.

옆에 있어도

옆에 있어도 그리워서
자주 보게 되는 사람이 될게요

잠깐 떨어져도 안부가 궁금해서
보고 싶은 사람도 될게요

화장한 당신 얼굴보다
화장 안 한 맨얼굴에 더 설렘을 느낀다고 말할게요

어제 당신이 보여줬던 화려한 모습보다
오늘의 순수한 모습을 더 아낄게요

밖에 나가서 사람들이 좋은 일이 있냐 물으면
당신을 얘기할게요.

거울

비가 오거나
바람이 불면
당신의 마음을 들여다봐요

비 오는 게 좋았다가
비가 그쳐 속상하지는 않은지
서글픈 바람 소리에
아문 상처가 드러나지는 않았는지 그대 봐요

때로 그대가 알아보기 전에
그대 마음 먼저 알아보고 그대에게 가요

당신은 혼자가 아니에요.

아이인 것

제게 어떤 사람과 살 것 같냐는 물음엔
'언제든 아이가 될 수 있는 사람'과 살 것이라 답하겠습니다

눈이 오고, 비가 오면
어른의 벽을 부수고 내리는 것들에
행복할 줄 알고

힘든 일이 있으면 가슴에 묻히지 않고
사랑하는 이에게 털어놓아
그 사람의 품에서 함께 슬퍼하고

사랑하는 사람이 아플 때엔
가장 먼저 달려와 이마를 만져주며
내 체온을 확인하는

그런 사람과 살고 싶다고
답하겠습니다.

당신 참 소중한 사람입니다

아이의 추억이 담길 시간을
오직 아이의 것으로 주는 당신 보며

그대 참 괜찮은 사람이라는 생각을 했습니다

아이와 함께 있는 사진에는
아이 시선 향해 늘 웃는 당신 표정 보이며

사진으로 기록되지 않은 글임에도
아이를 헤아리는 그대 이쁜 마음이
제 마음의 글로 남았습니다

그대와 함께 있는 아이의 사진엔
그대 바라보며 행복한 웃음 한가득입니다

아이에게 그리운 이가 당신이 되고
아이가 닮고 싶은 어른이 그대라는 것에
제 가슴 더 설렙니다.

아버지도 나를 슬퍼했다

초판 1쇄 발행	2019년 3월 14일
2판 6쇄 인쇄	2020년 5월 20일
개정판 1쇄 인쇄	2022년 5월 27일

지은이	김보겸

책임편집	송세아
편집	안소라
디자인	theambitious factory
마케팅	시절인연
제작	김소은
관리	김한다 전현주
인쇄	아레스트

펴낸곳	도서출판 꿈공장플러스
출판등록	제 406-2017-000160호
주소	서울시 성북구 보국문로 16가길 43-20 꿈공장 1층

이메일	ceo@dreambooks.kr
홈페이지	www.dreambooks.kr
인스타그램	@dreambooks.ceo

전화번호	02-6012-2734
팩스	031-624-4527

ISBN	979-11-92134-14-7
정가	12,800원